白いためいき

好きな気持ちを知りました

雪見 歩

文芸社

白いためいき

～好きな気持ちを知りました～

CONTENTS

白いためいき　～好きな気持ちを知りました～

もっと好きでいたい

もっと好きでいたい。
だから、君なのです。

雨がやんだとき

「ふと、雨がやんだのです。
気がつくと、となりにはあなたが笑っています。」
こんな場面がＴＶドラマの１シーンにありました。
私は、それをうらやましく思ったこともありました。
けれど、今はちがいます・・・。

なんでもない時

ときの長さが、ごくふつうの長さにもどるには、
しばらくの時が必要みたい。

きのうの時は、あんなにも短かったのに、
きょうからは、また・・・。
しばらくの時が必要みたいです。

いつになったら、昨日みたいな時が、
ふつうの時になるのかな。

秋が好きです

静かなその秋。
二人はその秋にいる。
あらあらしいその秋。
二人はその秋にいる。
こわれやすいその秋。

二人はすべての秋が好きです。

本当ですか

あの人のそばにいないって、本当ですか。
泣いたって、本当ですか。

あいたい人がいるって、本当ですか。
笑いたいって、本当ですか。

私があなたを好きというほのかに大きな気持ちは、自分が疑わないくらい
本当です。

あなたがあいたい人が私というのは、かなりの嘘だと
思っています。

いま、笑っているのは、本当ですか。

たくさんの寂しい時と時

人は、見えない寂しさを積み重ね生きていっている

たったそれだけ

悲しくたって、辛くたって、きつくたって、寒くたって
一つ一つ、一秒一秒、進んでいく
たったそれだけ
ほんのたったそれだけ

僕の引き出し

「好きです」「好きです」「好きです」
どの引き出しもこの言葉でいっぱいらしく、
揺すると音が 見えないところからもひびいてくる。

僕の引き出しにはいくつものとびらがあり鍵がかかっている。
それでも君へと、その音は糸でつないだ電話のように伝わる。
だからこそとなりには、その音でたぐり寄せられた君がいる。

しずく

それは、もうものすごくいそいだ
その人に追いつきたくて、手をつなぎたくて

とにかく、息をきらすほどいそいだ
どうしても・・・

あたたかなその目でその人は待っていてくれた
道からそう遠くないところで待っていてくれた

たまらなく、たまらなくいくつものしずくがあなたへと流れていった

割れないガラス

いくら、言葉を積み重ねても身動きはとれず
そのガラスには流れるだけ

割れないガラス

夢なんて

「夢なんてどうでもよいこと」
上の方からそう聞こえた
わいたばかりのやかんの湯にしらないことをおぼえていく

自分が好きだから、もっと自分を好きになりたいからほんの少し前へ行く

白いところを歩く

「さてと」と白いところを歩く
いつもより大またに歩く

話してる人はいるのだろうけれど
口はあいていないみたい

きっと同じように歩いているのだろうけれど
近い明日だけは違う気がする

あたりまえの時をきざむ

電話ごしの君の小さな声
悲しいときに笑ってくれた電話ごしの君の声

それぞれの２４の時を二人できざんでいく
これから、たぶんきっと、ずっと

そしてなにげなく、さりげなく手紙や電話はなくても
そう何でもないかのように

簡単に笑っていませんか

信号を待つ横断歩道の前を二人乗りの自転車が通りすぎる
街の時計が夕暮れを教えてくれる

口をつぐんでいてもわかるんですね
そばにいることだけが幸せなことと思っていました。

ただ笑うことが、はやっているからって
同じように笑っていませんか。

雪の降る日に

夏からもらった言葉だから、雪の降る日に君へわたします

別れのカプセル

となりのたばこの煙がいかにもけむたそぶりで私の目を見ない
私はうつむきあなたの心を見つめている

そんな二人を時は同じように押しかけてくる

「元気で」と、テーブルの上にあったレシートを無造作につかみ
出口に向かった

その後ろ姿を最後にフィルムは終わった

同窓会でしかあけることができないゴミ箱のタイムカプセルに
なおしこまれようとしている

見つかっちゃったね

窓にもたれたあなたの白い息
部屋のあたたかさがそうさせてる

二人でいる時のあなたの言葉は、
とても、とても、とても、私にひびいている

2年前の私をあなたはやさしくだいてくれた
こっそりと隠していたのに

そう見つかっちゃった
見つかっちゃった
見つかっちゃったね・・・

一つのさよなら

一つのさよならに　二つの言葉はいらない
一つのさよならに　二つの涙はいらない
一つのさよならに　二つの夢はいらない
それぞれ確かめたくないもの

今だから

「出逢うのがもっと早かったら」と、
あなたと歩き始めた時、思いました。
流れていった雨の分だけ

遠く離れている距離の分だけ、今は喜んでいます。
「歩き始めるのが早くなくてよかった」と

だから、会ったときにはあなたをほんの一人じめ
時間を二人で無駄使いします。

思い出

君のなつかしさに、ふと気づく僕がいます。
今日、はじめてあった人なのになぜかそういう気がします。
この人となら未来という思い出を楽しく明るく笑って、
きずいていけそうな気がします。

だから、また会う時は誰にもじゃまされず、二人っきりがいいです。

SHIAWASEって

なかなかない色で君は笑った
落としかけた10円玉を拾って
限られた秘密の間に
その横ではっとする

しあわせって

頬づえつくとそこにいました
空を見上げるとそこにいました
さみしくなるとそこにいました

そう、そこにいたのはあなた
あなたがいると自分になれる気がします。

心のつぶやき

時に見つかり明日にわらっていた
泣かずに嘘ついた　寒い夜を捨てた
そんなあの日のことをフィルムでみるように
はっきりと二人の声まで聞こえる

好きです　好きです　心でつぶやき　前歩くのです

息きらせてた　昨日に咲いていた
ひたすらに泣いた　過去にしびれていた

そんなぁの日のことをフィルムでみるように
はっきりと二人の声まで聞こえる

好きです　好きです　心でつぶやき
前歩くのですそんなぁの日のことを

雪に積もられ夢を踊っていた
きまじめに笑った　コートを重ねてた
そんなあの日のことをフィルムでみるように
はっきりと二人の声まで聞こえる

好きです　好きです　心でつぶやき　前歩くのです

前を向いて歩きたいだけ

私からきりとられたそのあなたは、私を無視して想い続ける
コーヒーも飲まず　傘もささず

どうしてそんなに私を無視するの
もうあなたに意志はないはずなのに

私はただ前を向いて歩きたいだけなのに
あなたはもうきりとられたのだから　私ではないはず

そう、きっと私ではないはず

次の恋が見えると

次の恋が見えると、あなたを近くに感じてしまう
時の長さ関係なく

始めからの恋

心のすきま
消えかけている

部屋の空気を一緒になってつくりだしていた
あの黒のハンガーは最初になくしていた

そうあの白線にたつことは浮かばなかった
昨日の雨が白線を用意してくれた

また、スタートする直前の緊張と不安が駆け巡り始めている

失恋の痛み

足の小指を柱にぶつけた
「痛い」
言葉さえも口に出せない。

気をつけて足を進め出すと、また小指だけがぶつかる。
そういう時って、外は必ず晴れている気がする。

気づかないふり

知らないふり、気づかないふりをするのは、疲れませんか。

私はあなたが「気づかないふり」をしているということを知っています。
それでもあなたは、前を向かないのですか。
どんなに言葉を多くあなたに伝えても意味はないのですか。

あきらめることを未だに知らない私はどうすればよいのですか。

あきらめることを「知らない」ということを気づかずにいます。

この瞬間だけでも。

出逢いからのきょり

いそぎたい気持ちが「私」を動かす。
気づいているはずなのに、それがよくないということを。
落ち着こうと思えば思うほど「私」が失くなっていくみたい。
「錯覚」か「真実」か、「あなた」はその答えを望んでいる。
「私」の中では、その答えがはっきりでているというのに。
「錯覚」などかけらも見つからないということが。

やさしすぎる

「やさしすぎる」と、簡単にあなたは言う。

元気にしていますか

「元気にしているだろうかと思う気持ちくらい許してほしい」

私は誰につぶやいているのだろう

さみしさにもたれすぎたために出た言葉

明日会うことになるあなたは、今、元気にしていますか

私はその時を楽しみにしています

その時がくるまでは、きっとさみしさはやさしさという
強さにかわっていることでしょう

どうして？

他にも多くの人がいるのに、どうして君なの

他の人ともいっぱい話をするのに、どうして君と話すときが一番楽しいの

いろんな所に出かけても、どうして君のことを考えるの

どうして、「どうして？」と私は考えるの

どんな瞬間でも

どんな瞬間でも、その時を幸せと感じている人
がいると思うと嬉しい
そんなことをよく私に話してくれたあなたは
今、元気ですか

季節にいるあなた

時計からこぼれたその季節だけが、私にのこっています
積もるほどの雪の日に傘をささなかったこと
秋の日に遠くから海をみたこと
人参をまるごと食べたこと
そう今はその季節だけにあなたがいます

もう片方の靴下

靴下の片方がみつからないまま昨日も過ぎてしまいましたよ

忘れた瞬間に見つかったりするものですか

でも、忘れないものですね

もう片方がどうしても目に映るからかな

素直さを探して

はぎとられるものもなく
まとうものもそばにない
そんな今の自分がここにあります。

見つめさせてほしい

やわらかな風をあなたに感じます
ふりかえることさえほほえんでくれます
そこに自然に心をあずけてしまいます
自転車のかごには、あなたのかばんを入れて
今、二人でゆっくり、ゆっくり進んでいます

あわてることのすくないところが好きです
見つめさせてください　笑顔を見逃さないために

許しあうことができた

信じあうことができなかった二人をくやむより
許しあうことができたあの時を誇りに思うよ

誰も信じてくれない

一つ一つの時をはかる　何度も何度もくりかえす
好きだった私が今の私を見ている
かなうことだけを信じていたあの頃の私が
ともだちは誰も信じてくれない
それは「私はあなただけを」ということを信じたいから

「あなただけ」が確かに二つある私
二つとも本当は私ではないのかも
一つ一つの時をはかる　何度も何度もくりかえす

あなたのくせ

私が笑っていたあなたのそのくせ
このあいだ、友だちに笑われました
「その〝くせ〟おかしい」と
あなたは笑われていませんか
私のこのくせを

ふっきれること

そのことが、ふっきれることができることよりも、
明日が、明日のままでいることの方がいい。

すべて忘れない

すべて忘れてしまいたい
よかったことも、よくなかったことも
でもよかったことは忘れたくないね
よくなかったことは夢の中に忘れようよ
明日が楽しくなる時がきっと、またくるよ

だから今は、涙をとめるのはよそうよ
静かに今を見つめようよ
すべて忘れてしまいたい
よかったことも、よくなかったことも

あなたのコーヒー

始めて入れてくれたコーヒー
無理して、砂糖もいれずに飲んだあなたのコーヒー

少し苦かったけど
その分、あなたを知った気がした

いつのまにか、その苦さしか感じなくなった

靴を揃えるたび

あまりの嬉しさと、そして恐さに
涙が私を揺らした

あいさつをすること、目が一瞬会うこと
あんなにのぞんでいたのに

今の私に、そののぞみはきえていた

好きになるということ

好きになるということは、あなたをもっともっと知りたいと思うこと
好きになるということは、もっともっと私を知ってほしいと思うこと
好きになるということは、いつのまにかあなたが、私の中にいるということ

僕はひきょう

電話で時を止めたのは、
いつまでも僕が〝ふけない〟ためなのさ

強がっている訳でも、寂しがってる訳でもなく、本当のことなのさ

君によく似合うその光は、君のそばにいつづけるだろうけど

ふけない僕の方がよっぽど、いいはず
だから残念でいっぱいだったけど

僕から電話したのさ

久しぶりの笑顔

覚えていないほど久しぶりの笑顔とあった。
何度も見たくて見たくてその笑顔を。
静かな時をこわがった。

その恋を始めたくて。
かなりの速さで自分が見えていく、届くはずもない自分が。
はずかしさのいきおいだけが、自分の中で大きく激しくなっていく。

あとは、忘れるだけ、3年前のあの瞬間を。
やっと、想い出した。
毎日の景色がきれいに見えていた自分を。

腕時計を忘れていた

めずらしく、左の腕にはいつもの時計はなかった。
時計は、君とあうことをためらったのかも。
二人の時を奪いたくなかったのかも。

雨が降ると傘をさす。
そんな、ごくふつうに手を握りあっていた。

君がほめてくれたこの時計、もう忘れることはなかった。
時計は、君とあうことを楽しみにしているのかも。

二人の時を大事にしたいと思っているかのように。

時にふさがれ

時にふさがれ、動けなくなるより
雪の道でも歩こうよ

雨の多い日に

元気にしていますか。
あなたと話すことがなくなって、いくつの月を過ごしたのでしょうか。
あのとき以来、あなたはあなたでいられなくなったことは、
なかったですか。
私は相変わらずの自分でいます。
たぶん、きっとそう思います。

ところで、近いうちそちらに行くことになりました。

あなたが、もし以前のあなたでなければぜひとも会いたいです。
あなたはきっとかわっていたと思っても
私に会いたいとは思わないのかもしれません。
でも、私はそんなあなたに会いたいです。

雨の多い日が続いています。ぜひとも傘だけは大事にしてください。

では、また雨の多い日に

長すぎた出会い

玄関のベルが鳴った
向かう途中で君の笑顔が僕に移った

寂しさをまぎらわすためのテレビは消された
二人の言葉が6畳のアパートに響く

二つの砂糖とミルクの入ったコーヒー、そしてなにも入れないコーヒー

わずかにみつめあった一つの瞬間

やさしいキス、そして止まることのない涙
なぜだか昨日までの自分までも愛おしくなった

ぜいたくなしあわせ

ささやかなぜいたく
気づかないようにわずかに笑った
ほんの数枚のあなたの便箋
届いたその日にポストに走った
何気ない言葉は私の宝もの
何気ない言葉は私の宝もの

伝わってくるよ、
私を好きという気持ち
伝わってくるよ、
私を好きという気持ち

伝わっていたのは、
好きという気持ち
伝わっていたのは、
好きという気持ち
お互いに

会える日を意識しない
会えなくなる日は近づいてくるよ

雨が朝を知らせてくれたとき
となりにはいない、あなたに笑った

何気ない仕草は、私の宝もの
何気ない仕草は、私の宝もの

伝わってきたのは、
私を好きという気持ち

伝わってきたのは、
私を好きという気持ち
お互いに

また電話するよ

「また電話するよ」
私とあなたの宝の言葉

二日酔いだって構わなかった
耳から全てを感じられた

受話器が置かれた瞬間
宝の言葉は再生デッキをなくした
カセットテープ

一つしかない再生デッキ
カセットデッキは私の宝もの

昨日の雨

うそだけでふくらんだ昨日の雨
後悔が教えてくれた

けんかの理由を季節の言い訳に
できていたのに
忘れた季節さえ思い出せない

できることは
たった一つ

明日、雨が降ること

忘れる方法が欲しい

忘れられない名前が一つ増えた
忘れたい思いがそうさせる

明るくない色だったら
消えるのだろうか

空なんて見たくない
空なんて見たくない

どれほどの暗くない色が空にあるなら
見るのだろうか
「忘れる方法を教えて欲しい」
とたずねるほど
空は遠くなっていく

カレンダー'99

「クリスマス」
街にたくさん行き交う
過去になりつつある手帳

5月に初めてあった二人
一年の半分しかお互いみていない

出逢っていない4月までが
今では思い出せない

始まっていない4月までもが
二人に感じる

私たちには決して新しくない二千年
何気なさだけが二人に
たずねてくる

笑顔がみたい

眼鏡をはずした顔を見たかった
だけだから
そんなに悲しい笑顔を
向けないで

私に

私だって
我慢をなくしてしまいそう

二人で
一緒の時をつくったんだよ

私だけでつくったんじゃないんだよ

ネクタイをはずす姿をみたかった
だけだから
最後に
本当の笑顔をください

私だけに

僕は少し笑った

「ごめん、遅くなっちゃった」
走ってやってきた
息を切らせながら
雪になりきれない
いくつかの雨の中

僕は少し笑った

たくさんの嬉しさを傘でかくしながら

これから
あたたかさは寒さにだけ姿をかえる
君にあっていなければ
コートを何着も買いに行っただろう
平気だった
待っていたつもりはなかった
信号の色が変わった

君の手をひいて歩き始める

明日が今日になる

どこにいても感じられたよ
悲しみのときほど感じられたよ

明日がとうとう今日になる
何度も夢みていた明日が

湖のほとりでかわした
二人だけの約束

明日は広い胸にもぐりこむ
列車のベルをきにせずに

けんか、したかった

喧嘩をしたかった
だからわがままを繰り返した
何度も
そう、何度も

あなたの昨日までのすべてをうけとめたい
あなたの昨日までのすべてをだきしめたい

やっと認めてくれた

私がとなりにいることを

これからは
わがままをききたい
あなたのわがままをききたい

あなたの昨日までのすべてをうけとめたい
あなたの昨日までのすべてをだきしめたい

理由がみつからない

私を選んだ理由が見つからない
私に都合のいい理由をどれだけ数えても

聴いてしまうと壊れてしまいそう
聴いてしまうと遠くなってしまいそう

バスや電車に揺られるたびに
あなたに傾いていく

音楽や映画に涙流すたびに
私が傾いていく

【著者プロフィール】
雪見　歩（ゆきみ　あゆみ）

1969年福岡県北九州市生まれ。
短大時代から詩を書き始める。
現在、福岡県福岡市に在住。

白いためいき　～好きな気持ちを知りました～

2000年4月15日　　初版第1刷発行

著　者　　雪見　歩
発行者　　瓜谷綱延
発行所　　株式会社　文芸社
〒112-0004　東京都文京区後楽2-23-12
電話　03-3814-1177（代表）
03-3814-2455（営業）
振替　00190-8-728265
印刷所　　株式会社　フクイン

ISBN 4-8355-0038-5 C0092